Margot l'escargot

Barnabé le scarabée

H... la...

...role ...ciole

 Mireille l'abeille

César le lézard

Luce la puce

Léonard le têtard

Merlin le merle

Oscar le cafard

Lorette la pâquerette

 Luna la petite ourse

Camille la chenille

Solange la mésange

Violette la discrète

Adrien le lapin

Loulou le pou

Prosper le hamster

 Grace la limace

Ursule la libellule

Gabriel le lutin de Noël

Benjamin Père Noël du jardin

Georges le rouge-gorge

Simon petit bourdon

théo le mulot

Gallimard Jeunesse/Giboulées
Sous la direction de Colline Faure-Poirée
et Hélène Quinquin
Direction artistique : Syndo Tidori

© Gallimard Jeunesse 1995
© Gallimard Jeunesse 2016 pour la nouvelle édition
ISBN : 978-2-07-507434-6
Premier dépôt légal : mars 1995
Dépôt légal : février 2022
Numéro d'édition : 441225
Loi n° 49956 du 16 juillet 1949 sur
les publications destinées à la jeunesse
Imprimé en France par Pollina - 41741E

Les drôles de petites bêtes

Patouch la mouche

Antoon Krings

Gallimard Jeunesse Giboulées

Il était une fois une petite mouche qui s'appelait Patouch. Elle habitait une bicoque plutôt cracra, où elle ne devait pas souvent faire le ménage. Mais comme elle n'était pas d'une nature propre et ordonnée, elle s'en accommodait très bien.

Patouch ne faisait jamais sa toilette.
Alors, tous les matins, elle se levait
et s'en allait en sifflotant au travail.
Un drôle de travail, ma foi, qui
consistait à fouiller dans les poubelles
de ses voisins. Elle dénichait toujours
au milieu des détritus de vieux bibelots
pour décorer son intérieur et un tas
d'autres bricoles qu'elle retapait.

Une fois le devoir accompli, pour
prendre son repas elle s'installait
sur de gros pâtés qui sentaient
extrêmement mauvais et dans lesquels
il valait mieux ne pas mettre le pied.

Puis elle rentrait chez elle, en chantant :
Je m'appelle Patouch
C'est pas ma faut' si j'ai l'air louche
Et si j'suis pas une fine bouche
Pourtant je suis de bonne souche
Une vraie petite mouche
et elle s'endormait sagement dans son
petit lit crasseux sans bien sûr avoir
fait sa toilette.

Mais le problème de Patouch était ses voisins. Ils ne l'aimaient guère et aucun d'entre eux ne lui adressait la parole. Mireille l'abeille la trouvait bien trop sale pour la recevoir. « Le moins que l'on puisse dire, c'est qu'elle ne sent pas la rose », disait-elle à Siméon le papillon.

Alors Patouch décida un beau jour
que tout cela devait changer.
Elle commença par prendre un bain,
se lava de la tête aux pieds, se brossa
les dents et pour finir mit un nœud dans
ses cheveux. Patouch, qui ne ressemblait
plus vraiment à une vilaine mouche,
devint plus fréquentable aux yeux
de ses voisins.

Il faut savoir qu'elle avait renoncé
à fouiller les poubelles et qu'elle ne mangeait
plus de ces choses qui sentent affreusement
mauvais et dont il ne faut pas parler en société
(les crottes, le caca, etc.). Mireille l'abeille fut
la première à l'inviter à prendre le thé. Patouch
mangea beaucoup de miel, but tout le thé
et essuya ses pattes toutes collantes sur
la nappe de Mireille.

Ensuite ce fut Siméon le papillon qui la reçut. Pour l'occasion il fit un gâteau de pollen. Patouch mangea sa part, celle de Siméon et puis tout le reste du gâteau.

Quand Mireille rencontrait Siméon,
ils parlaient bien sûr de Patouch.
– Cette mouche n'a pas de manières,
elle ne sait pas se tenir à table.
– Je vous l'avais bien dit, chère voisine,
même propres les mouches restent
toujours sales.
Ils décidèrent de ne plus inviter Patouch.

Comme notre pauvre mouche voulait
plaire coûte que coûte à ses voisins,
elle se mit à les imiter en butinant
les fleurs du jardin.

Un jour, elle fit la connaissance d'une autre mouche. Elle venait de la ville et s'appelait Nitouch. En voyant Patouch le nez dans les fleurs, elle éclata de rire : « Je n'ai jamais vu de moucheron aussi ridicule et qui sente aussi bon, fit-elle en faisant une grimace. Allez, viens, je t'invite dans mon restaurant préféré, ils ont toujours des poubelles pleines de choses délicieusement dégoûtantes. »

Depuis Patouch se moque bien de
ses anciens voisins. Elle habite la ville
avec Nitouch et elle a repris ses bonnes
vieilles habitudes. Alors, si vous ne voulez
pas la déranger, rien de plus simple :
ne mettez pas les pieds dans ces choses
qui sentent extrêmement mauvais et que
les toutous déposent sur les trottoirs.

Marie
la fourmi

Louis
le papillon
de nuit

Capucine
la coquine

Marguerite
petite reine

Juliette
la rainette

Odilon
le grillon

Pasca
la ciga

Valérie la
chauve-souris

Benjamin
le lutin

Patouch
la mouche

Adèle
la sauterelle

Siméon
le papillon

Henri
le canari

Nora petit
de l'Opé

Noémie
princesse
fourmi

Gaston
le caneton

Victor
le castor

Pierrot
le moineau

Édouard
le loir

Pat
le mille-pattes

Belle
la coccin

Bob le
bonhomme
de neige

Blaise
et thérèse
les punaises

Maud
la taupe